JN232521

詩集

自分さがし

須永博士

さあ
いよいよ
はじめます
あたしの
すてきな
夢への
挑戦が
いまから
はじまります

七賢出版

自分さがし

はじめに

自分の人生は、自分でつくっていかなければ
なりません。
もちろん、まわりの人も助けてくれます。
しかし、この世に生きて自分が何をしたいのかを
見つけ、決めていくのは自分です。
好きなことを見つければ、いくらやっても
疲れることはありません。
まだまだやろう、もっともっと
努力しようという気力が
出てきます。

生きて何をしたらいいのかは、
たくさんの出会いの中から、
たくさんの選択の中から自分に合った
仕事、夢、愛を見つけて、
それを大きく育てていくことです。

自分に合うことを見つけることは大変ですが、
それを見つければ、すてきな楽しい人生を
生きていくことができます。
見つけるまでの辛抱、追求、挑戦です。
必ずあなたにふさわしい道が人生があります。
あなた、すてきな人生をつくって下さい。
幸せになって下さい。

須永博士

目次

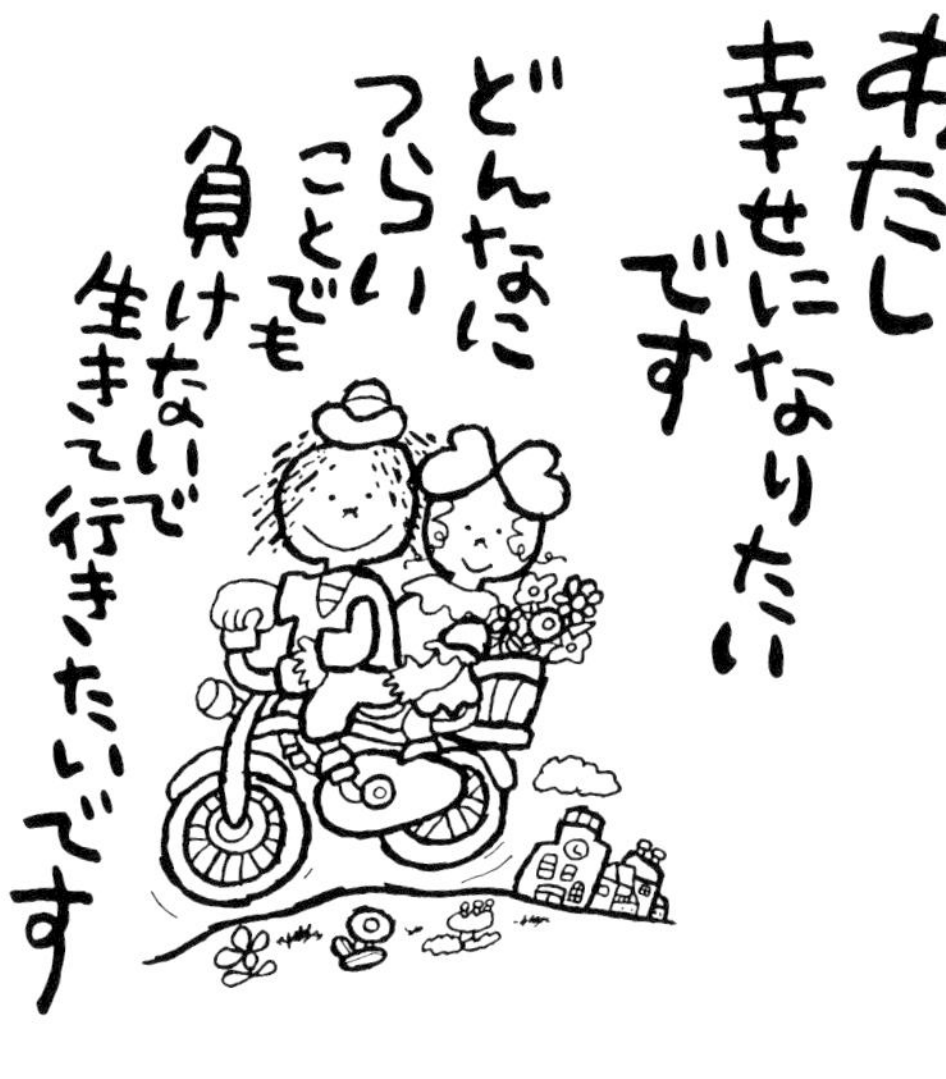

あたし
幸せになりたい
です
どんなに
つらい
ことでも
負けないで
生きて行きたいです

自分に勝つ

自分って何
人間ってなに
生きるって
何ですか

わたしに教えて
ください

いまわたしには
めざして生きてゆく
夢がなにもないのです
愛してつくしてゆく人が
まだいないのです

生きるって何なんだろうね
やっぱり幸せになりたいから
生きているんだよね
人間不幸になりたくないよね
不幸だったら
やっぱり努力して
幸せになりたいよね
この世に生きて
一生の中で色々な人に出会って
色々なことにかかわって
自分という人間を見つけてゆくんだよね
自分をしっかりつかんでゆくんだよね

その中には苦しみや
挫折、失敗も
あるけれど
それをのりこえて
自分の夢を
幸せをつかんで
ゆくんだよね
やっぱり生きるって
幸せになりたいから
頑張ってこの世を
生きているんだよね
生きてゆくんだ
よね

“逆境”
これほど人間強くなれることは
ない
“孤独”
これほど人間強く
なれる
ことはない
“執念”
これほど人間
強くなれることはない
そして
“やさしさ”
これほど人間強くなれる
ことは
ない

わたしの苦しみを
わかってくれるのは
誰ですか
この世にいるのですか
耐えられないほどの
くるしみの中で生きている
わたしに
明日への生きてゆく夢が
つかめるのですか
わたしにも生きてきてよかったという
幸せな日がやってくるのですか
早く来てほしいです

やったことの無い人に
話を聞いても
駄目です
〝やめたほうがいい
無理だ〟
と言います

やった人に話を聞くと
〝おもしろい
やってごらん〟
と言います

人生
やった人に
はなしを聞くこと
です

〝絶対勝つ〟
それがあたしの道です
そこに到達するまで
あたしは自分を鍛えて
きたえて鍛えぬいてゆきます

〝絶対勝つ〟
それがあたしの夢です
やります

自分を磨いています
道は遠いけれど
一歩一歩近づいています
大変なこともあるけれど
自分をもっともっと
大きな人間にして
夢をやりとげます
あたしはそれをやりとげるまで
どんなことにも耐えてゆきます

小さすぎる
まだまだ人間が
自分が小さすぎる
世の中のことにこだわり
自分のことにこだわり
いまあることにこだわり
小さすぎる
まだまだ本物の人間になっていない
自分を捨てて
世の中のために生きる自分に
まだまだあたしは
なっていません

変えなくちゃ
変えてゆかなくちゃ
もっともっと
大きな優しい強いわたしに
変えてゆかなくちゃ
どんどん月日はすぎてゆく
どんどんまわりはかわってゆく
変えなくちゃ
変えてゆかなくちゃ
もっともっと
なんでもやれるすてきな自分に
変えないと
わたしはとり残されてゆきます

人間関係はむずかしいです
いちいち
ひとつひとつ
相手に合わせていったら
かかあったら
自分の生きかたが
なくなってしまいます
自分の生きかたをしっかりきめて
かかあらないと
自分の人生がみえなくなります
相手のいいなりに
なります

駄目なことがそこにある
つらい人間関係がそこにある
それとかかわるとき、
逃げたら負けになる
自分を見失ったら
負けになる

だめなことがそこにある
気にしないか
あきらめるか
大きな心でかかわるか
そしてもうひとつ
徹底的にやるかの
どれかです

あなた
人生に挑んでゆく
自分はできていますか
人生と闘う自分は
できていますか
人生に負けない自分は
できていますか

人生は
厳しいです
あなた
何があっても
あかるく優しく
生きてゆく
自分はできていますか

我慢がたらん
決断がたらん
本気がたらん
まだまだ
あたし
夢をやりとげる
執念が
たりません

やれるよ
やれるんだよ
人間って
みんな
すごい力をもって
いるんだよ
やれるよ
あなたたなら大丈夫
やれます

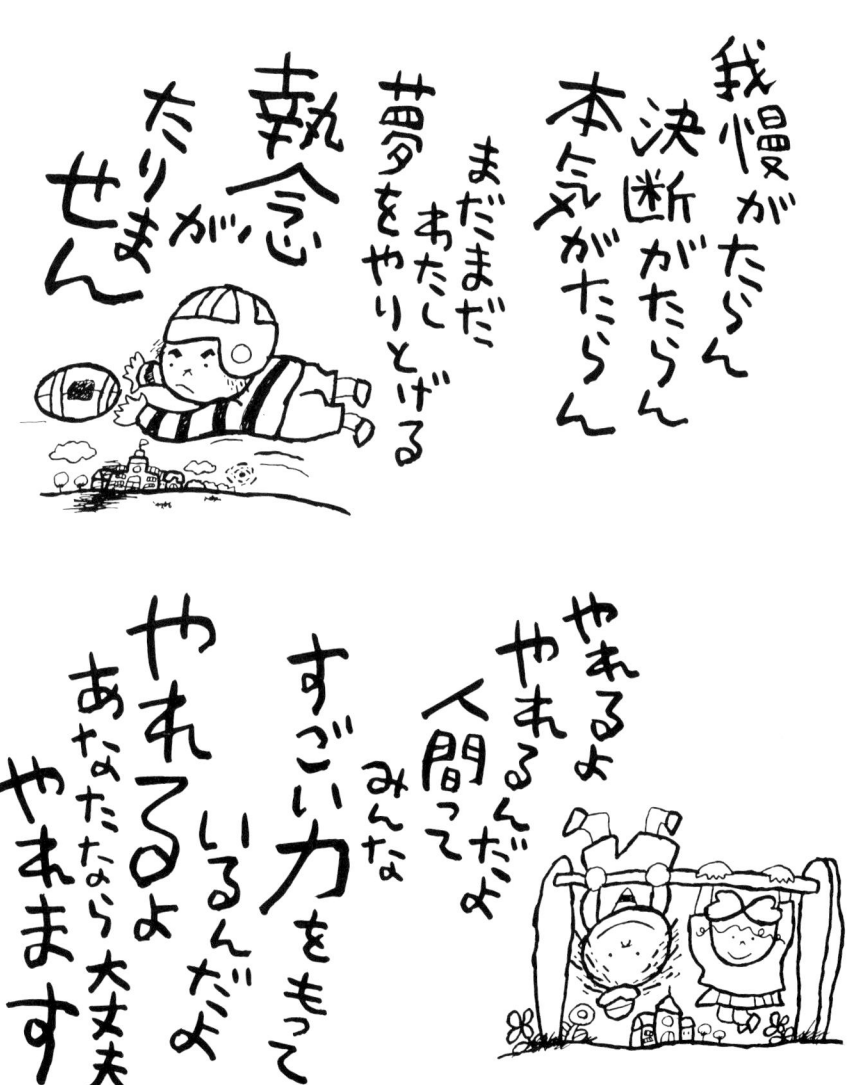

状況が悪すぎます
生きることが大変すぎます
運命が重すぎます
もっともっと
明るく輝いて生きて
いたいのに
人生がつらすぎます
誰かにあたしの環境を変えてもらい
たいのです
そうすればあたしは変われます
あたしは変わります
もっともっとあたしは人間らしく
優しくすてきに生きてゆきたいの
です

鳥になって空を飛べたら
どんなに楽しいだろう
地上の汚れもなく
地上の柵もなく
地上のうめきもなく

鳥になって
好きなように
好きなところへ行けたら
どんなにすばらしいだろう

鳥になって
自由に生きて
自然の中に消えていけたら
どんなにしあわせだろう

行かないと
始まらないよね
かかわらないと
はじまらないよね
会あないと
始まらないよ
ね

いま自分が
知りたいことが
あったら
動いて聞いて
見ないと
はじまらないよね

"動くことを
いやがるな"
です
動いていれば
からだも
鍛えられる
動いていれば
何かに
出会えます

のんびり
ねころがっていては
何もおこりません
つかめません

生涯
心にぎざみこんで
おくことです
〝こちらから
出向いてゆかな
ければ
事は動かぬ
事はつかめぬ
事ははじまらぬ〟
です

「生きる疑問」を抱えているあなたへ……

あなたらしい「自分」をみつけるために

自分がみつからないのです。

自分が何のためにこの世に生きているかわかりません。

周りの人はそれぞれ自分の仕事をみつけ楽しい毎日を過ごしているのに、わたしには満足のいく生き方ができません。

わたしが自分の人生に喜びを感じることはできるのでしょうか。それとも、これからも我慢をしながら生きていかなければいけないのでしょうか。

わたしは「自分らしい」生き方がしたいのです。でもどうしたら自分らしい生き方ができるかわかりません。教えてください。

無理を承知で
自分の道をいきます
駄目だといわれても
自分の道をいきます
覚悟決めて
自分の道をいきます
誰がなんといっても
自分の道をいきます

「生きる疑問」を抱えているあなたへ……

あなたらしい「自分」をみつけるために

どのように生きたら人間は幸せなのですか。

人間はこの世に生きて何が残せますか
名誉ですか
財産ですか
子孫ですか
何を残して幸せといえるのですか
人間がこの世に生きて納得いく人生は
この世に生きて
人に喜んでもらう道を持ち
自分をもち信念を持ち
それによって周りの人を幸せにして
人に慕われ愛され求められる人生であれば
悔いのない人生を送ることができます
すてきな人生を残すことができます

「生きる疑問」を抱えているあなたへ……

あなたらしい「自分」をみつけるために

働きづめの人生でした。どんなに頑張っても苦労が報われない現実に疲れ切ってしまい、今は気力がありません。どうしたらいいのでしょうか。

また
いつの日か
やりたいことや
行きたいところ
なりたいことが
見えてきます
本を読むことも
いいし
好きなことを
さがすのもいいし
何もしないで時間を
すごすのもいいし
またいつの日か
楽しい日がやってきます
そのときまでゆっくり生きていれば
いいのです

すべてがうまくいきませんでした。彼のことも、仕事のことも……。自暴自棄になり、家族や友達に迷惑をかけました。今、やっと落ち着いてきましたが、まだ不安も残ります。こんな私にアドバイスをください。

苦しむだけ
苦しみました
みんなに心配させました
家族に苦労をさせました
でもここまでです
これ以上はつらくなりません
この苦しみを
人生の勉強と決めて
いまから
優しいすてきな人間になってゆきます
もう大丈夫です
ゆっくりあせらず
自分の道をゆきます

「生きる疑問」を抱えているあなたへ……
あなたらしい「自分」をみつけるために

自分の性格が嫌いです。すぐ周りの人と自分を比べて悲観したり、嫌なことがあるといつまでもくよくよ考えています。明るく元気に生きている人がうらやましいです。なんとかなりませんか。

"いまやれることを
やる"
それだけです
なにもしないでいると
なにもしない毎日が
すぎてゆきます
大変でも
失敗しても
やることをやって
ゆけば
その先には
やれた人生がまって
います

やるんです
勇気をだして
やってみるのです
やってゆけば
自分に自信も
ついてきます
あかるくげんきもでて
きます
あなたやるんです
"やらないと
はじまらないよ"
です

何かをしようとするとき、いつも気弱になり、失敗してしまうことの方が多いわたしです。頑張って最後までやりとげたいと思うのですが、やれるでしょうか。

この世の中
どうにでもなります
どのようにでも生きてゆけます
気力です
努力です
挑戦です
夢です
愛です
それを心の中で燃やしながら
あかるく元気に
生きてゆくことです
人生ひとつひとつやりとげてゆくことです

力ある人
心ある人
決断ある人の
やることは
すばらしいです
その人と一緒にいると
大きな
人間に
なれます
幸せに
なれます

愛に勝つ

愛によって
人間大きく変わってゆけます
いままであたりまえの
生活で気力で
生きていたことが
愛によって
何倍も力ができてきます
生きることが
楽しくなってきます
愛によって人間は
生きるすばらしさを
知ることができます

あなたは
花のような
人です
あなたが
そこにいてくれる
だけで
わたしは
生きる勇気が
わいてきます
いつまでも
そのまま
美しく咲いていて下さい
生きていて下さい
おねがいします

この世に
何も無くてもいい
誰もいなくてもいい
愛と呼べる
あなたという
人がいれば
わたしは
それだけで
いい

あなたのことを
いつも想っています
いまごろ
どうしているだろうか
いまごろ
何をしているだろうかと
考えています
わたしも人生の試練と
闘いながら
自分の夢に
挑んでいます
あなたに会いたい
です
また時間を
つくって下さい

こんなにも
こんなにも
あなたが好きな気持ちを
どうつたえたらいいのでしょうか
こわくて何も言えないけれど
やっぱりあなたがいないと
だめなんです

たったひとつで
いいのです
あなたのやさしさが
ほしいです
ついてこいよのひとことが
ほしいです

あなたの
ためだけに
咲いていたいです
あなたのためだけに
散ってみたいです
あなたの
ためならば
どうなってもいいのです
それぐらい
あなたが
好きです

まだ会って間もない
でも
わたしたちです
なぜか心に残って
いま何をしているのか
気になって
心配になって
しまうのです
これから先のことは
わからないけれど
いつも素直な気持ちで
いたいと思います
愛の物語をつくって
ゆきたいと思います

もう絶対
あたしに会いにこないで下さい
あなたが
会いにきたら
そのときから
あたしの人生は
くるって
しまいます
あなたほど
あたしを満たしてくれる人は
いません
あたしをときめかせてくれる人は
いません
だからもう絶対
あたしのところへこないで下さい
あたしをあなたなしでは生きてゆけない人間に
させないで下さい

あたしでいいんですか
あたしでいいんですよね
たくさんの苦しみを知った
あなたとあたしだから
いまから
あなたとあたしの
本当の愛を
つくってゆくん
ですよね
あなたと
出会えて
本当に
生きてきて
よかったです
あなたのために人生を使いきってゆき
ます

あたしが落ちこんでいたときのことを
知っていますよね
あたしから笑いが消えて
何もできなくなったときのことを
知っていますよね
その時あなたが優しくしてくれたときのこと
あたし忘れません
あなたのことが心の中で大きくなって
ゆくことが
止められませんでした
あなたがいないと生きてゆけない
あたしになってゆきました
これからのあたしはあなた次第です
いまのあたしは誰もいらないのです
あなたがいればそれだけでいいのです

もう一度
あなたに
会いたいです
疲れきって生きている
あたしだから
心いやすことのできる
あなたと一緒に
いたいです
もう一度
あなたとふたりだけの
時間をすごしたいです
あなたの優しい笑顔に
もう一度会いたいです

愛は素晴らしいです
あなたの笑顔をみるだけで
姿をみるだけで
一緒にいるだけで
すべてが満たされます
すべてがときめきます
愛は最高です
この世にたったひとりの
愛するあなたが
いるだけで
どんなつらいことでも
のりこえてゆけます

俺がお前に冗談で
"さようならまた会う日まで…"
と言ったら
涙ぐんで
"ひとりでは生きてゆけない
一緒にいたい"と
言ったな

俺がお前に
"貧しい俺だけれど
夫婦になろうか"
と言ったら
笑顔で
"何も無くてもいい
あなたと暮らしたい"と
言ったな

いまも
貧しいけれど
苦労が多いけれど
俺の疲れたからだを
いやすのは
お前といるときが
一番いい
何もなくても
お前の優しさが
一番いい

生きて来て
本当によかったです
"結婚"をねがっても
心が納得する人に
会えません
でした
でも待っていて
本当によかったです
こんな優しい
素敵な妻をもらい
ました
本当にありがとう
ございます
妻の家族に
心から感謝をしま
す

大切にします
優しくします
守ります
どんなことがあっても
幸せにします
そして今日まで
わたしを助けてくれた
家族 友 みなさん
ありがとうございます

あたしたち
一緒になりました
夫婦になりました
いまから本気で
幸せづくりです
夢づくりです
あたたかい家庭をつくります
にぎやかな家庭をつくります
なんでも
ふたりでひとつ
です
すてきな
愛の
人生を
つくります

俺についてきてくれた
妻です
俺をおぎなってくれた
妻です
俺をみたしてくれた
妻です
どんなに
苦しいとき
でも
俺と
生きて
きて
くれた
妻です
妻へ感謝です
いつまでも俺と生きて下さい

あたしたち夫婦
遅咲きの花の人生です
一緒になって
夫婦になって
何も無いところ
からの
旅立ちでした
苦労をあたりまえと
笑顔と努力で
生きてきました
いま人並な　幸せを
与えてもらいました
感謝の毎日です
元気が一番です

泣いて笑って
なんでも一緒にやって
大きな声でさわいで
何もかもが楽しくて
すてきな日々でした

突然あなたが
わたしの人生から
消えていって
旅立っていって…
わたしは
信じられません
でした

でも
それが現実でした
自分をとりもどすには
長い時間がかかりましたが
いまは強く前むきに
生きています

あなたに
笑われ
ない
ように
自分を
磨いて
たかめて
生きています

失恋しました
いい人生の勉強をさせて
もらいました
愛の嬉しさ
愛のせつなさ
愛のこわさを
教えてもらいました
さあまた次です
いつまでもくよくよして
いません
あたし元気です
あの人以上のすてきなひとを
絶対見つけます

遠距離恋愛をしています。電話をすればすぐに恋人と会える友人たちをうらやましく思います。わたしには彼しかいません。早く一緒に暮らしたいのですが。

あなたに会いたいです
あなたのそばにいたいです
いまはそれだけの感情です

何も無くてもいい
なにもしてくれなくてもいい

唯あなたのそばで
あなたの生きてることを
見ているだけでいいのです

あなたがいれば
どんなことにも耐えられる
気がします

あたしやっぱり
あなたの住む町へ行きます

彼の仕事が忙しく、会いたいのになかなか会えない現状です。淋しさのあまり、「彼は本当にわたしのことを好きなのだろうか」と疑心暗鬼になってしまいます。こんなつらい思いをするならば、いっそ別れようかなと思うのですが。

これだけははっきり言えます
はっきりわかっていて下さい
あたしの愛は
あなただけです
あなたと会いたいだけです
そのために耐えています
"必ずいつの日か
あなたと一緒になれる"
そのときまで
あたしはあなたを信じて
生きてゆきます

「生きる疑問」を抱えているあなたへ……
あなたらしい「自分」をみつけるために

特に結婚はしないと決めて生きてきたわけではありませんが、気づいたらもう四十歳になっていました。このままひとりで生きていく自信がありません。今から結婚を望んでも、もう無理でしょうか。

愛は年齢ではありません
この世にたったひとり
あなたにふさわしい
あなたを必要とする人がいます
その人に早く会う人もいれば
ゆっくりじっくり会う人もいます
愛はあなたが
あなたらしく生きていれば
必ずあなたを大切にしてくれる
たったひとりの
生涯一緒に生きてゆく人に
出会えます

"家族の
幸せ"
それが
あたしの
願いです
どんな苦労をしても
あたしの大切な家族が
元気で無事で
幸せであれば
それでいいのです
それがあたしの
ねがいです

教育に勝つ

教師と生徒とのかかわりの
原点は
生徒を心ある力ある
優しさある人間に
育てることです
勉強のできない生徒でも
社会に出てすばらしい力を発揮して
すばらしい人間性で生きる人もいます
勉強勉強で生きて
世の中に出て
人とのかかわりあいができなくて
挫折する人もいます
大切なことは生きるたくましさを
教えてゆくことです

先生もわからぬこともあります
先生もいたらぬこともあります
しかし先生は教師という人生が好きで
この道を生きてきました
ねがうことはかかわった生徒諸君に
夢を与えることです
やる気を与えることです
先生も自分を鍛え磨いてゆきます
さあ生徒諸君
すてきな自分をつくってゆこう
自分の夢をやりとげてゆこう

親友とは
心ゆるす人です
なんでも言えて
なんでも許しあえて
なんでもわかりあえる
それが友です
そしてまた
競いあうことができて
言いあうことができて
たわむれあうことができて
それが友です
笑い泣き怒り
人生を人間を
お互い追求してゆける

それが
本当の友です

部活とは
〝もうこれが
限界です〟
というところから
本当の練習が
はじまります

やっと苦労してつかんだ
"教師"の人生です
やっと出会えた
すてきな生徒たちです
もっともっと
一生懸命
教壇に立たなければ
だめです
もっともっと
真剣に
生徒とかかわら
なければ
あたし
だめです

教師よ
人間であれ
人間でゆけ
人間をつらぬいて
ゆけ
教師よ
心ある人間でなければ
生徒はついてきま
せん

あたしの生徒よ
困ったことがあったらいつでも来なさい
つらいことがあったらいつでもきなさい
ぐあいの悪いことがあったらいつでもきなさい

無理をしたら
なおつらくなります

自分をいたあって
自分をやさしくして
自分を鍛えて
厳しい世の中を
たくましく生きてゆける人に
なりなさい

あたしの生徒よ
人間としてこの世の中を生きて愛される人に
なりなさい

ここが俺の故郷なんです
あいつもこいつも
みんな昔のまんまなんです
ガキ大将のあいつ
ガリ勉のあいつ
泣き虫のあいつ
面白いあいつ
マドンナのあいつ
みんなあの時の
あいつなんです

ここが俺の故郷
なんです
やっぱり
自分をいつわらないで
かざらないで生きられる
故郷が
好き、
です

故郷をおもいだせば
俺のために泣いていた
母の姿を思いだします
随分わがままをしました
ずいぶん暴れもしました
随分心配もさせました

いまは故郷を
離れて
ひとりで生きています
ひとりで
夢を追いつづけて
います

俺はあなたの
息子です
根性だけはあり
ます
夢をやりとげて
帰ります
母よ
待っていて下さい

お母さんが
笑顔で生きていると
子供もえがおで
生きてゆきます
お母さんの笑顔が
子供にとって
この世で一番すばらしいの
です
うれしいの
です

子供たちに
生きることを教える人は
お父さんやお母さん
そして家族です
その人たちが
しっかり教えないと
不安だらけの
子供になってしまいます

あたしの一生
ここまで働いて
子育てについやして
料理をつくって
あっという間に
ここまで来て
しまいました
もっともっと
色々やりたいと
願っていても
忙しくて時間がなくて
時が過ぎて
ゆきました

もう一度
あの日の
夢のある
あたしに
帰りたいです
すてきな
自分を
とりもどしたいです

息子へ
耐えられる自分をつくれ
何があってものりこえてゆける
やりとげてゆける
自分をつくれ

生きることは
苦しいことや
くやしいことや
つらいことの連続
だから
どんなことにも前むきに
明るく元気に
そして優しく生きてゆける
自分をつくれ

人生
自分の判断で
決断で
自分の夢を
幸せを
つかんでゆく
自分をつくって
下さい

娘へ

お前は知らないかもしれないけれど
お父さんは仕事で疲れて帰ってきたとき
人生のつらさをかみしめて
家の扉を開けたとき、
何よりも先に
お前の寝顔を見にゆきました

すやすや眠るお前のねがおを見て
お父さんはいつも心に決めて
いました

お前が自分の力で生きていける
日まで
お前が嫁ぐ日まで
お父さんは負けないで生きてゆくと
自分に言いきかせてきました
明日はお前の嫁ぐ日です

人生の中で
問題がおきた
ときは
より冷静に
よりおだやかに
より誠実に
対処することです
もし
自分が悪かったときは
素直にあやまること
です

勝つか
負けるかは
自分の心の中に
ある
執念です
闘魂です
迫力です
自分を盛り
あげてゆく
だしきってゆく
気力をどれだけ
もっているかです

この道一筋です
心をこめて
愛をこめて
魂をこめて
一歩一歩です
それが
わたしの人生です
それがわたしの
ゆくべき道です

自分の夢を
つかむためには
達成するためには
人生は
遠慮はするな
一気にゆけ

ぼくは勉強が好きではありません。勉強よりもからだを動かすことが好きです。家でも学校でも「勉強しろ」といわれますが、勉強しないとだめなのでしょうか。

学校の勉強や点数がすべてじゃ
ないんだよ
読み書きができればいいんだよ
むずかしい数学や英語ができなくても
生きてゆけるんだよ
好きなことがあったら
それをやればいいし
いやだったら体を鍛えることや
家の手伝いをしっかりやれば生きて
ゆけるんだよ
大切なことは
自分という人間をしっかりつくることです

「生きる疑問」を抱えているあなたへ……

あなたらしい「自分」をみつけるために

今は不登校の生徒、無気力な生徒がたくさんいますが、教師のわたしも現在休職中で、教師としての情熱を失っています。もう一度教壇に立ちたいとは思っているのですが……。

もう一度
思いっ切り生きてゆきます
このまま生きていっては
何も無いまま
人生が終わってしまいます
もう一度
自分の夢に
やりたいことに
やるべきことに
挑んでみせます
わたしもう一度
自分の原点にもどって
第一歩です
旅立ちです

「生きる疑問」を抱えているあなたへ……

あなたらしい「自分」をみつけるために

小さな島で三年間教師をし、今、島を去るときがきました。都会の学校と違い、人と人との温かい触れ合いを経験しました。島のみんなに感謝の気持ちを伝えたいのですが。

さようなら
愛する島よ
さようなら
愛する子供たちよ
沢山の出逢いあり
たくさんの苦闘あり
沢山の想い出あり
あの日あの時
生徒ひとりひとりの
いっしょうけんめい
生きる姿
こみあげてくる

空、海、花、土
そして人
すべて生涯
心に残る日々
さようなら
みんな
ありがとう
みんな
いまより
また次の地にて
心ある夢ある
教師を
やりとげてゆく
また会う日まで
みんな元気でいて下さい

「生きる疑問」を抱えているあなたへ……
あなたらしい「自分」をみつけるために

わたしは教師です。わたしが尊敬している先生が、定年をむかえました。先生に詩を贈りたいのです。

教師として
人生をついやしてきたり
生徒と出会い
生徒とかかわり
生徒に生きることを
教えてきたり

あの生徒 この生徒
ひとりひとりの瞳を
青春を想いだすなり

わが人生
また今より
いかに子供たちに夢を与え
人間として生きてゆくべきかの
道を考えるなり

いま人生の
ひとくぎり
また
生きる力を
たくわえて
教師人生を
生涯
つづけて
ゆくなり

人
以上の
努力を
しなければ
夢はつかめま
せん
強い人は
みんな
人
以上の
努力を
しています
あなたがんばれ
まけるなです

看護に勝つ

看護の人生がわたしの道と決めて
生きてきました
つらいことやわからないことや
さみしいことがたくさんありました
でも苦しい人を助けてやるのが
わたしの使命と決めて
生きてきました
たえず勉強です
たえず努力です
たえず前進です
大きな心で元気で挑戦です
出会った人に
"ありがとう"といわれる看護をやってゆきます

春が来るのが待ちどおしいです
つらいことがあった冬だから
早く明るく楽しい春が来てほしいです
野山に花が咲いて
子どもたちが飛びはねて
鳥たちのさえずりが
きこえて
自然の景色が
すべて花いっぱい
夢いっぱいの
春になってほしいです
春が来てつらいことをみんな忘れてしまいたいです

愛情がなければできません
強い意志がなければできません
素早い対処がなければできません
あなたの人間愛で
病気の人が助かるのです
看護の人生は
大きな心がないとできません

人間の病いは
優しいこころで
やさしい言葉で
回復します
それのない
医療は
むなしい
です

病院の窓から見る外の景色は
いつものとおり動いています
電車も動いています
人も歩いています
風も吹いています
そして時間も動いています
早く早く
病気のわたし
自由に動きたいです
あたしの病気
どれくらい大変なのか
聞いていません
必ず治って下さい
早く早く家に帰りたいです

わたしにも
あなたしかいないと言う
愛がつかめますか
わたしにも
このうでの中に
わが子をだきしめるときが
きますか
わたしにも
生きてきてよかったという日が
きますか
看護一筋で
生きてきた
わたしの人生
わたしにも
愛する人と
暮らす日が
きますか

わたしにも
やっと
幸せの訪れが
やってきました
わたしにも
やっとゆとりの時間が
もてるようになりました
わたしにもやっと
愛とよべる
心のささえの人ができました
あのつらかった日々を
思うと
わたしにも
あの日々がうそのような
やすらぐ人生が
やってきました

おばあちゃんは
たくさんの苦しみを
のりこえてきたのですよね
おばあちゃんは
たくさんの仕事をして
きたのですよね
おばあちゃんは
たくさんの人生を
いきてきたのですよね
おばあちゃんのこころのなかには
いっぱいうれしいことやかなしいことが
あるんですよね
おばあちゃん
わたしにおしえてね
いきてゆく力をください

年齢のせいでしょうか、この頃元気がでません。あんなに何にでも挑戦していたわたしでしたが、最近は気力がありません。昔に戻りたいです。

もう一度
思いだそう
あの日の事を…
何をしても疲れなかった
し
どんなに働いても
からだは動いたし
明日をめざす
夢は
いくつでも
あったし
もう一度
思いだそう

何も恐れることも
なく
何も迷うことも
なく
ただひたすら
たのしく
元気に
生きていた
あの日の事を
思いだそう
もう一度
あの日の自分に
もどりたい
です

親友の奥さんが亡くなりました。夫婦仲もよく、彼には自慢の奥さんでした。これからひとりで生きていく彼が心配です。かわいそうです。

友を想えば涙がこみあげてきます
友はこれからひとりで生きてゆかなければ
なりません
疲れて家に帰っても"お帰りなさい"の言葉を
言ってくれる妻はいません
疲れをいやす妻の優しさもありません
友はこれからの長い人生を
この世で一番愛した妻なしで生きてゆかなければ
なりません
この世を男ひとりで歯をくいしばって生きてゆかねば
なりません
それを想うと涙があふれてきます
友よ
なぐさめの言葉は
ないけれど
俺でよかったらいつでもはなし相手になります

「生きる疑問」を抱えているあなたへ……
あなたらしい「自分」をみつけるために

〝さあ、ゆくぞ！〟で、今から夢へ挑戦します。
わたしの人生を応援して下さい。

どんなことにも
くじけず
どんなことにも
負けず
どんなことにも
落ち込まず
明るく前へ
元気に前へ
夢みて前へ
幸せをめざして
あなた
頑張れ

おわりに

あたしが、"詩人"をめざして生きはじめたとき、
まわりの人は、「詩人では、食べていけないよ」と
言いました。
しかし、そのときのあたしは、
生きる目的のない生活に疲れ、
苦しんだ後だったこともあり、
"食べる、食べない"ということよりも
「この道しか自分の行くべき道はない」
という強い決意でいっぱいでした。

先人の詩人たちのように、
自分も、詩集をつくりたいと、心の中で
決めていました。
そのために絵の学校も行き、写真の学校
へも行きました。そして旅もしました。
様々な人生体験を積み、自分の感性を
磨き、詩をつくりつづけました。
世界中を旅してきました。そこには大きな国、
大きな自然がありました。旅をするたびに
"やるぞ"という気持ちが込み上げてきました。

この世の中に、いままで知らなかった人たちが、
喜びや苦労と精一杯向き合いながら、
闘いながら、それぞれの人生を生きていました。

〝あなたの詩を読んで、
生きる力が湧いてきました〟という
手紙をもらいました。

その度に、もっともっと旅をして、
力ある、心ある、夢ある詩をつくると決めて
きました。

いま、先の見えない、元気のない世の中に
なっています。
今回の「自分さがし」は、これまでの自分の
詩集の集大成と決めて、
つくりました。
一編の詩が、
あなたに喜んでもらえたらと
思います。
また、旅に出ます。
あなた、人生頑張って
下さい。
幸せになって下さい。
須永博士

旅の詩人　須永博士　年譜

一九四二年　東京日本橋に生まれる。

一九四九年　荒川区立第三瑞光小学校入学。

一九六〇年　一八歳。高校卒業と同時に車の免許を取る。勤め人生活を始める。

一九六二年　二〇歳。父親、突然の死去。母とふたりの生活が始まる。

一九六三年　二一歳。仕事もうまくいかず会社を辞め、自分の生きる道を真剣に探し求める。

一九六四年　二二歳。小さい頃より一番好きだった絵と詩をやると決めて、絵の学校セツ・モードセミナー（長沢節スタイル画教室）入学。

一九六五年　二三歳。東京写真専門学校入学。

一九六六年　二四歳。近所の喫茶店の壁を借りて第一回個展開催。

一九六九年　二七歳。東京銀座にて第三回個展開催。本格的に詩人の第一歩を歩き始める。

一九七〇年　二八歳。日本各地にて個展開始。日本各地の放浪の旅開始。

一九七二年　三〇歳。電話帳で「あなたの自費出版本つくり

ます」という広告をみつけて印刷所を訪ねる。社長がとても優しい人で、いろいろと教わりながら第一集『ひとりぼっちの愛の詩』を一〇〇〇部出版する。現在まで五〇万部発行、第三〇集目になる。

一九七三年　三一歳。アメリカの旅。以後約一〇年、フランス、イギリス、カナダ、メキシコ、スイス、イタリア、スペイン、ドイツ、オランダなどの旅をする。

一九八二年　四〇歳。約一〇年間、人生、仕事、夢、旅、そして作品の制作、詩集の制作を猛烈につくり、生きる。

一九九二年　五〇歳。日本テレビ『ズームイン朝』出演のため、熊本県阿蘇郡小国町へ行き、大自然のすばらしさに感動する。以後約一〇年の間に「作品館」「アトリエ」「美術館」をつくる。そして約一〇年間、宮本武蔵が「五輪書」をかいたといわれる熊本県の雲厳禅寺を訪ね、そこにあった石仏五百羅漢をデッサン三〇〇〇枚、キャンバスに一〇〇〇枚描き上げる。

二〇〇二年　六〇歳。現在も日本各地で展覧会と講演会を開催しながら、詩、絵、書、油絵、陶器の制作を続けている。

須永博士・旅の詩人　鹿児島県徳之島の旅

零下二十度の北海道旭川駅で
夜九時、今夜の宿が見つからず
さがし歩いたことがありました。
夜行寝台列車に飛び乗り、
名古屋、大阪、広島の街の灯を
見ながら九州鹿児島まで
行った旅がありました。
"詩人"をめざして　約四十年、
歩き、汽車にのり、バスに乗り、
船にのり、日本各地、世界各地を
旅をしてきました。
自分の知らないことを知る、
自分の行きたいところへ行く、
自分のやりたいことをやる、
それが生きているあいだに
どれだけやれるかです。
"人生一度"です。
あなた、すてきな人生をつくって下さい。

詩集

自分さがし

二〇〇二年七月一八日　第一刷発行
二〇〇九年一月一五日　第二刷発行

著　者　須永博士

発行者　佐川泰宏
発行所　七賢出版株式会社
〒一〇一-〇〇六二
東京都千代田区神田駿河台二-一-二〇
お茶の水ユニオンビル三階
TEL　〇三-五二一八-三二-〇八〇三
FAX　〇三-五二一八-一-〇一八〇

印刷・製本　秀英堂紙工印刷株式会社

落丁・乱丁は送料小社負担にてお取替いたします。
© Hiroshi Sunaga 2002
ISBN978-4-88304-461-0 C0092
Printed in Japan

視覚障害その他活字のままではこの本を利用できない方のために、著者・出版社に届け出ることを条件に、録音図書および拡大写本の製作を認めます。ただし、営利を目的とする場合をのぞきます。